快乐魔法学校

⑥ 博物馆惊魂

© 2017, Magnard Jeunesse

本书简体中文版专有出版权由Magnard Jeunesse授予电子工业出版社。未经许可，不得以任何方式复制或抄袭本书的任何部分。

版权贸易合同登记号　图字：01-2023-4943

图书在版编目（CIP）数据

博物馆惊魂 ／（法）埃里克·谢伍罗著；（法）托马斯·巴阿斯绘；张泠译. --北京：电子工业出版社，2024.2
（快乐魔法学校）
ISBN 978-7-121-47223-7

Ⅰ.①博… Ⅱ.①埃… ②托… ③张… Ⅲ.①儿童故事－法国－现代 Ⅳ.①I565.85

中国国家版本馆CIP数据核字（2024）第034277号

责任编辑：朱思霖　文字编辑：耿春波
印　　刷：北京瑞禾彩色印刷有限公司
装　　订：北京瑞禾彩色印刷有限公司
出版发行：电子工业出版社
　　　　　北京市海淀区万寿路173信箱　邮编：100036
开　　本：889×1194　1/32　印张：13.5　字数：181.80千字
版　　次：2024年2月第1版
印　　次：2024年2月第1次印刷
定　　价：138.00元（全9册）

凡所购买电子工业出版社图书有缺损问题，请向购买书店调换。
若书店售缺，请与本社发行部联系，联系及邮购电话：(010) 88254888，88258888。
质量投诉请发邮件至 zlts@phei.com.cn，盗版侵权举报请发邮件至 dbqq@phei.com.cn。
本书咨询联系方式：(010) 88254161转1868，gengchb@phei.com.cn。

[法]埃里克·谢伍罗 著　[法]托马斯·巴阿斯 绘　张泠 译

快乐魔法学校

⑥ 博物馆惊魂

电子工业出版社
Publishing House of Electronics Industry
北京·BEIJING

目录

第一回　参观博物馆　　　　　　5

第二回　寻宝的线索　　　　　　13

第三回　帕图什塞塔莫阿神的诅咒　19

第四回　拯救摩图斯!　　　　　　25

第五回　疯狂找原料　　　　　　29

第六回　解药　　　　　　　　　39

第 一 回
参观博物馆

今天,学校组织全班同学去参观超自然历史博物馆。这座巫师博物馆非常值得一看,里面珍藏着许多神奇动物的骨骼和标本,每一个都令人大开眼界。

我们这群兴奋又调皮的小学生简直让赛比雅老师焦头烂额:"摩图斯,别动那条龙!马吕斯,你给我下来,不许骑飞马,赶快下来!摩尔多拉,快放开那只独角兽,别让我再说一遍!"

可惜，同学们就好像脱缰的野马一样，根本听不见老师的命令。只有马克西姆斯例外，他一直保持着冷静，手里一刻不停地写写画画，把他想看到的都记下来。

马克西姆斯是我们班最好的学生，也是老师的掌上明珠。最开始，我非常讨厌他，不过现在我们已经是好朋友啦。

这时，博物馆的讲解员斯代尔南姆先生，走到赛比雅老师身边。赛比雅老师使劲拍手招呼我们："孩子们，排队啦，快过来排队！讲解马上就要开始啦！"

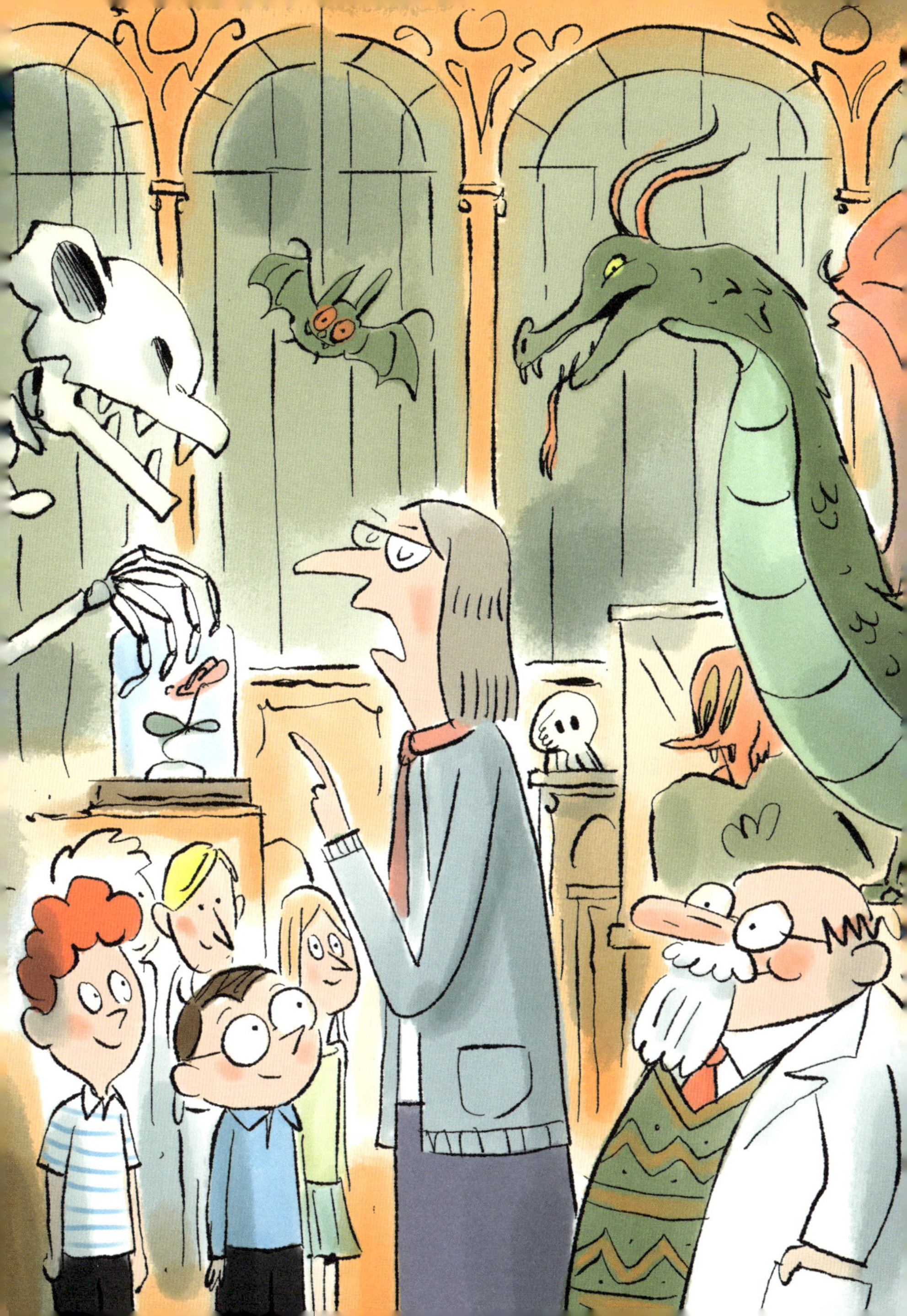

大家围拢在斯代尔南姆先生身边，他清了清嗓子，开始讲解："今天，我们将从神奇物件馆开始参观……"

我们跟着他走进了一间大大的展厅，这个展厅满墙都是玻璃柜子，柜子里陈列着各种宝物：阿拉丁神灯、日行千里靴、灰姑娘的水晶鞋……还有些我连听都没听

过：达摩克勒斯之剑、阿里阿德涅的线轴，还有爱马仕的带翅膀拖鞋……

"嗨，摩图斯，这双鞋最适合你，穿上它你上学就不会再迟到了！"马吕斯的语气里满是嘲讽。

马克西姆斯激动的叫声打断了马吕斯："你们看哪，这还有亚瑟王的王者之剑！哇，还有丘比特的爱神之箭！老师，大家都说被爱神之箭射中了就会马上坠入爱河，这是真的吗？"

没等老师回答，我就装出被一箭射中的样子："啊哦！摩尔多拉，我爱上你啦！"

摩尔多拉耸了耸肩，吐了吐舌头，好像根本不在意。

随后，我们跟着讲解员老师来到了神奇生物馆。

马克西姆斯一眼就认出了一种我们都很熟悉的生物——吐痰变形怪！

马吕斯面露恐惧，他对这种动物[1]可没有什么好印象……

1：详情请见第五册《黑魔法野营之旅》。

讲解员老师让我们看展厅中央的一个大笼子。可是，笼子空空的，有什么好看的呢……哦，我们走近一些才发现，原来笼子里面并不是空无一物，笼子底部中心位置有一堆火红的灰烬。我们眼见着灰烬突然越燃越烈，竟然猛地现出了一只大鸟的形状。这只大鸟浑身布满蓝色的羽毛，两只火红的翅膀忽闪着，通体闪着耀眼的金光。

"凤凰!"马吕斯忍不住惊呼。

"你们眼前看到的,是我们博物馆唯一活着的神奇生物,"讲解员老师给我们解释道,"不过,这也说得通,因为凤凰本就是不死神鸟……每一次生命走到尽头,它们都会涅槃重生。"

这只神鸟好像听懂了一样,它在笼子里盘旋飞升,发出震耳欲聋的啼鸣,十分令人惊叹!

第 二 回
寻宝的线索

参观结束,讲解员老师跟我们告别,让我们去拍照留念。我们争先恐后,谁都想第一个拍。摩图斯想扮大魔法师,他披上金星蓝袍,戴上尖帽子,还不忘拿上一支魔法棒。摩尔多拉凑到一口魔法锅前,戴上大大的假鼻子扮起了巫婆。我跟他们都不一样。站在图腾前，戴着帅气的羽毛头饰，我就是萨满巫师。

赛比雅老师拍了拍手，向我们宣布："孩子们，为了检验你们有没有认真听讲，我准备了一个寻宝游戏。这个游戏是专门为你们设计的。你们先分组，然后根据我给你们的各种线索，寻找藏在博物馆里的搞怪糖。找到最多糖果的那一组胜出，他们的奖品将是一整包搞怪糖哦！不过，要注意安全！毕竟我们所在的是一座魔法博物馆……稍不留意，就可能遇到危险！"

哇，太好啦，有搞怪糖！但是我才不要跟谁一组呢，我要做独行侠，这样得到的糖就都是我自己的了！

"可是……摩尔迪古斯，跟小伙伴一起寻宝不是更有趣吗？"老师不理解我的决定。

可能会更有趣吧，但是独享战果不是更好吗？！

其他的小伙伴们都分好了组。

女孩子们分成了一组，摩尔多拉当组长。男孩子们自然也组到一起，摩图斯、马吕斯和马克西姆斯带头。

老师开始给我们读线索。线索好复杂啊，好像谜语一样。

-第一颗糖放在一个非常著名的印加神两脚中间。但是要小心,千万不要碰他的手!

-第二颗糖粘在一只动物的皮毛上。这只动物生活在美洲森林中。需要当心的是,它可能随时跟在你身后哦!

-第三颗糖藏在一只八条腿的小虫子的巢穴里。千万别让小虫抓到你,否则你就会被牢牢粘住!

-想要找到第四颗糖,就必须去问大树们,只有它们才能给你答案!

-最后,第五颗糖就在一瓶魔法药水旁边,这瓶药水非常特别,只需几滴,你就会昏睡过去,整晚都不会醒……

我最喜欢寻宝游戏！而且我觉得我已经弄清了第一个线索……第一颗糖唾手可得……我记得就在刚才，经过神像大厅的时候，有一尊帕图什塞塔莫阿神像，那就是一个印加神，他的手是金子做的。讲解员老师还告诉我们，这位印加神法力无边，专门惩罚自私的人，传说自私的人一碰到他的金手就会马上变成石头！

想到这里我赶紧向神像大厅飞奔。但是因为有些记不清路线，我很快就迷失在错综复杂的展厅里，在各种展厅里兜了好几圈，我终于转到了神像大厅。

但是，摩图斯他们那一组人马也刚好到了神像大厅另外一侧的入口。

"就是这个,"马克西姆斯兴奋地大叫,"帕图什塞塔莫阿,长着金手的印加神!"

神像的两只脚之间,果真像赛比雅老师描述的那样,放着一颗糖果!好咧,第一颗搞怪糖,就是我的了!

第 三 回
帕图什塞塔莫阿神的诅咒

　　我和摩图斯同时扑向了那颗糖。他也非要拔得头筹！他用力扯我的毛衣，拼命地把我往后面挤，边挤还边大叫着："是我先找到的！"

　　"胡说，我比你先到！"我也不甘示弱。

推搡中,摩图斯失去了平衡,一下子向后倒去。他撞倒了神像周围的警戒绳,后背还不小心撞到了神像的金手。神像晃了晃,差点儿倒下。趁着他无还手之力,我一把抓起那颗搞怪糖。

"拿到啦!"我欢呼雀跃。

摩图斯抬起头，痛苦地看着我："哎呀，好疼啊！"他边叫边用手揉着后背。

他怎么这么娇气！我可没空理他，我已经开始思考第二条线索了：美洲森林里的动物……小心别被它跟踪……啊，我知道了！是大脚板！大脚板是一种美洲野人，它们长得很像猴子，但是身形要比猴子大许多，神奇生物展厅里面就有它的标本。讲解员老师还告诉过我们，它们是因为脚掌特别巨大而得名的。快，抓紧时间！

但是，马克西姆斯好像也破解了第二条线索。他在摩图斯耳边悄悄说了什么，引得摩图斯开心地跟他击了一下掌。

不料，马克西姆斯疼得大叫起来："哎呀，你怎么这么用力！你的手是灌了铅吗？"

摩图斯也好像发现自己不对劲，他盯着自己的手掌，喃喃地说："奇怪，我怎么，好像感觉不到我自己的手了……啊，天哪，我怎么了？"

一瞬间，摩图斯的两只手都僵硬起来："我……我的手指动不了了！"

他试着往前走，但是他的步伐也很僵硬。

他勉强拉起裤腿一看，天哪，他的脚和小腿已经变得跟石头一样硬了。

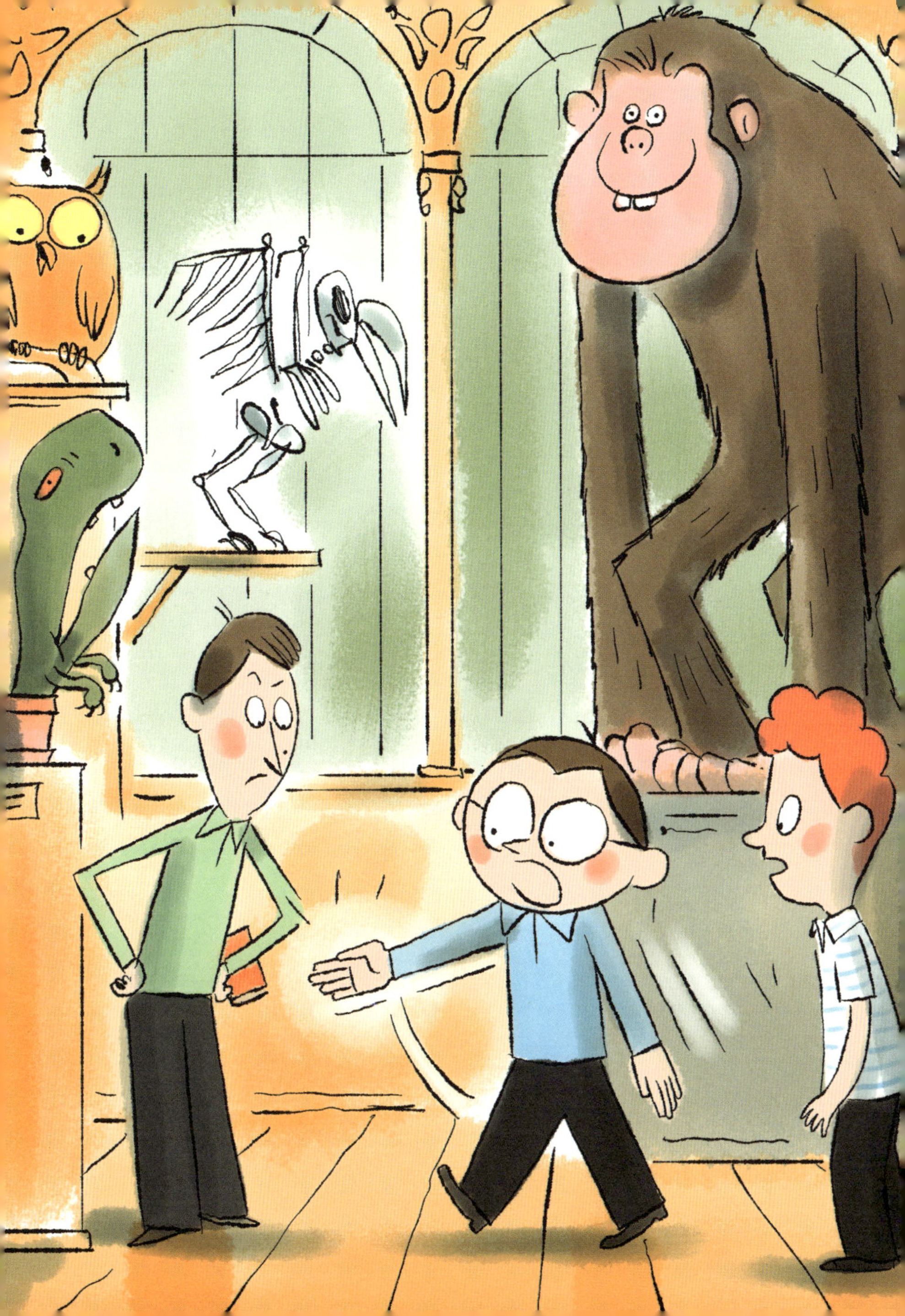

"哦,我的天哪!"马克西姆斯明白过来,"你正在石化。你刚才跌倒的时候一定碰了帕图什塞塔莫阿的手,你被他诅咒了!要是不赶快拿到解药,你整个人都会变成一块石头!"

讲解员老师的话突然浮现在我的脑海:这位印加神法力无边,他专门惩罚自私的人,传说自私的人一碰到他的金手就会马上变成石头。天哪,都怪我,我最好的朋友要变成石像了……我可不能就这么抛下他不管!

第 四 回
拯救摩图斯!

我脑子里只剩这一个念头:"大家不要寻宝了,我们必须拯救摩图斯!"

"同意,同意!但是,怎么救呢?"马吕斯急切地问,"我们甚至都不确定是不是有解药……"

"博物馆里肯定有藏书馆……"马克西姆斯难得地保持着冷静,"咱们得有人过去查一查资料……"

"好主意!那不如就你去!查资料谁都不如你。我和马吕斯留在这里,想办法赶紧把摩图斯藏起来。可别让老师发现了!"

要是赛比雅老师发现我们在博物馆里争吵,而且她的一名学生正在石化可能救不过来,那她非得气疯不可,我们就完蛋了!

可是,能把摩图斯藏在哪里呢?我眼珠一转,计上心来:"这样吧……我们把摩图斯抬到拍照留念的地方去,给他穿上魔法师服装。这样就算别人看到了,也会以为他就是在摆拍……"

说干就干!但是,问题是……此时的摩图斯不太好移动。他的两条腿和两只胳膊都已经动不了了。我们只能抬着他,抬不动了就拖着他。

费了九牛二虎之力,我们终于把他挪到了拍照留念的地方。恰好这时,这里没什么人。大家七手八脚地给摩图斯套上了魔法师的服装。没想到给石头人穿衣服会这么难,要不是魔法师的袍子足够宽大,我们绝对没办法把摩图斯塞进去!

马吕斯紧张地四处张望,我们在这里待得太久肯定会引起别人的怀疑。

但是我们又不能把摩图斯扔在这儿不管。马克西姆斯干什么呢？去了好久了啊！还不回来！啊，他终于气喘吁吁地跑了回来。

"找到了，找到了……好消息是，确实有解药！"他边说边晃着手里的一页纸，纸上记满了配制解药的方法和原料。

"那，坏消息呢？"马吕斯问。

"我们只有不到一小时的时间……"

"不然呢？"

"不然，摩图斯就永远地石化了。"

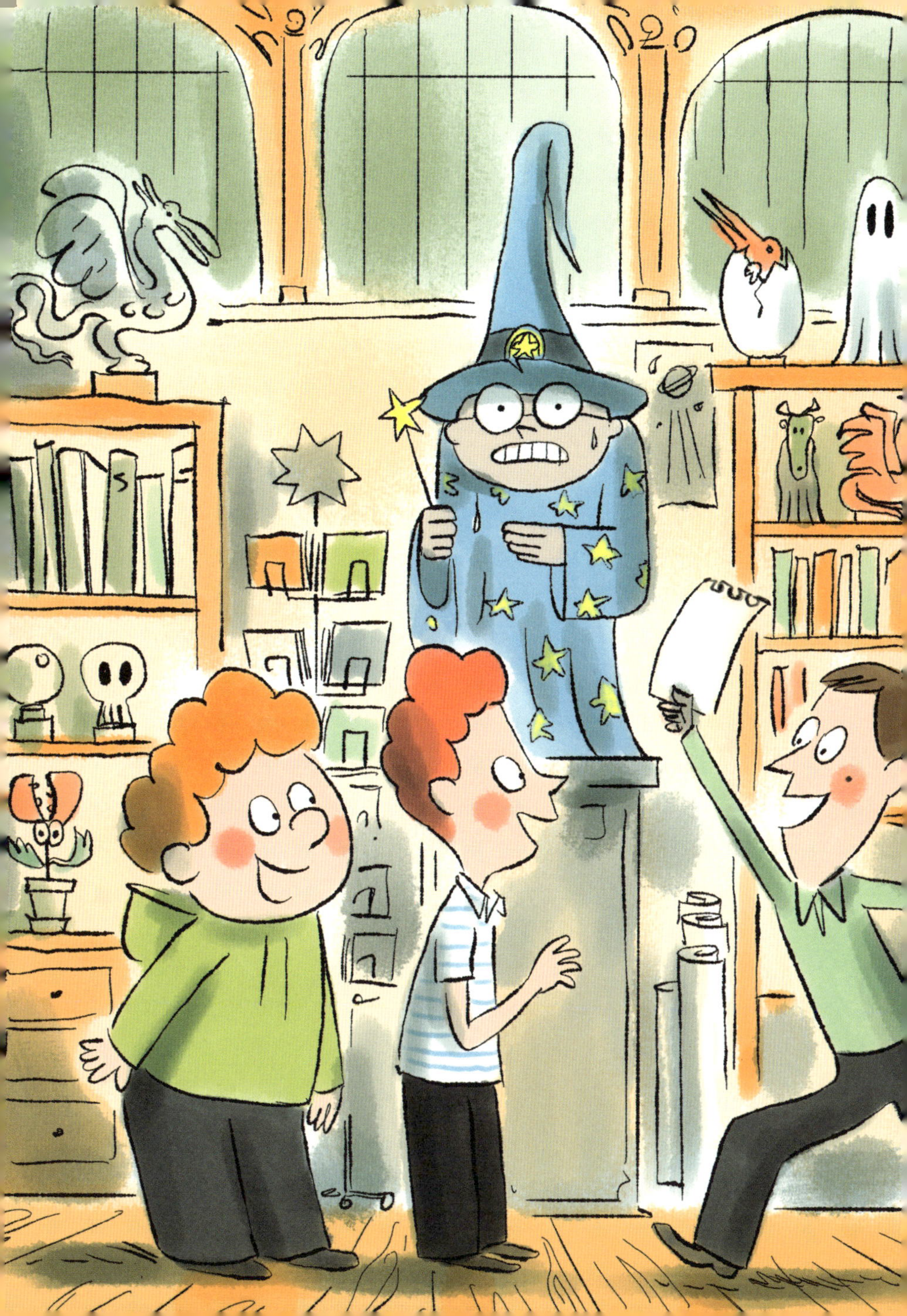

第 五 回
疯狂找原料

刻不容缓!

我提出了总的行动方针:"首先,我们要分头寻找……"

"有道理!"马克西姆斯支持我的想法。他的那页纸上是这样写的:

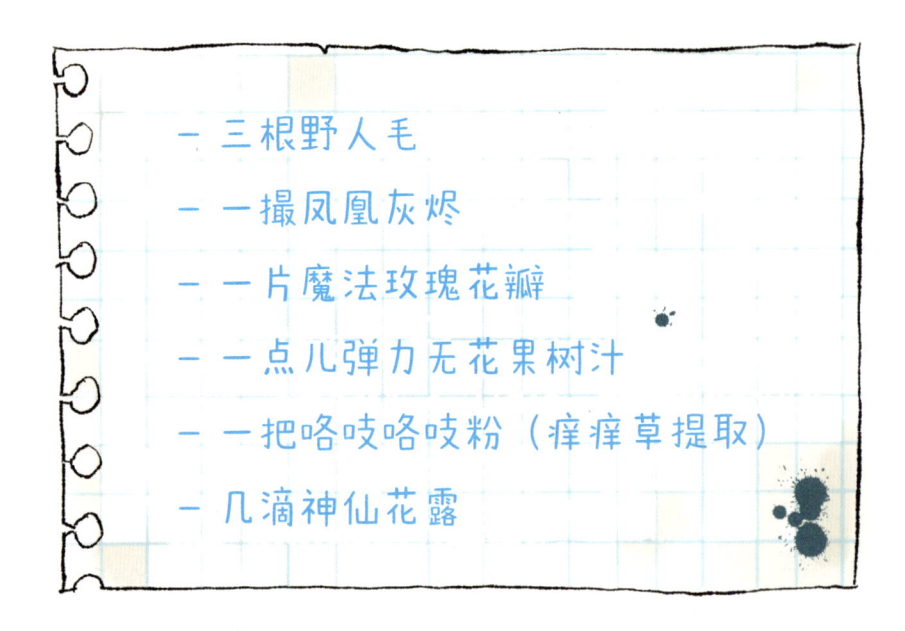

- 三根野人毛
- 一撮凤凰灰烬
- 一片魔法玫瑰花瓣
- 一点儿弹力无花果树汁
- 一把咯吱咯吱粉（痒痒草提取）
- 几滴神仙花露

嗯，看上去，有些难以实现……

"我负责动物类！"顾不了那么多了，我只想着尽最大努力。

"我负责植物类！"马克西姆斯也马上选了一部分。

"那我就负责药剂类！"马吕斯也当机立断。

这样一来,摩图斯就没人管了。我们心里很难受,但是没别的选择,如果一小时内凑不齐这些配料,配不成解药,那就彻底完了。时间紧迫,分头出发!

神奇生物展厅没人,太好了!我紧走几步来到野人标本旁边。这里已经没有什么糖果了,很显然,有人来过这里。我再次警觉地四下看看,确定没人,立即伸手从这可怕的野人身上扯下三根长毛。

然后我加紧脚步来到凤凰笼子前。凤凰在笼子中不停地盘旋,我没机会下手!我得等它涅槃,才能拿到灰烬,这就太离谱了……我能等得了那么久吗?

不过，非常幸运的是，我看到神鸟竟然开始失去活力。它越飞越低，越飞越低，然后落到笼子中心睡着了。又过了一会儿，它就化成了灰烬。天助我也！我赶紧伸手到笼子里，用手帕包了一撮来之不易的配料。野人毛，凤凰灰，任务完成！

我得赶紧去跟其他人汇合！我决定从植物展厅经过，好看看马克西姆斯的搜集进展如何。到了植物展厅，我看到马克西姆斯正一筹莫展地站在那里。原来，他收集弹力无花果树汁没什么问题，他用一把钥匙划破了无花果树的树皮，顺利地取到了一点儿树汁。但是他还没来得及摘魔法玫瑰的花瓣，摩尔多拉就带着自己的小队赶到了这里。

危险

魔法玫瑰就在眼前,它静静地在玻璃罩下绽放着,可谓触手可及。

必须先引开摩尔多拉她们。

我计上心来……

我走到摩尔多拉身边,仍然是一副被丘比特神箭射中的样子,单膝跪地,对着她赞美起来:

"哦,我亲爱的摩尔多拉!

你比小猫咪更温柔,

你比大蛋糕更诱人,

你比糖浆更甜美,

你比感冒更冻人……"

不出意料,摩尔多拉被我惹怒了。

她的小伙伴们,那些女孩子,都开始嘲笑起我来。

我才不在乎,因为我用眼角瞥到马克西姆斯趁着大家都看我出丑,瞅准机会掀开玻璃罩,以迅雷不及掩耳之势揪下一片花瓣。成功!

大功告成,我立马站起身来,转身就溜。我身后传来了摩尔多拉愤怒的叫骂。顾不得那么多了……

第六回
解 药

药剂展厅里,马吕斯毫无建树。无论是咯吱咯吱粉还是神仙花露,他一样都没拿到。斯代尔南姆先生一看到马吕斯进来就一直监视着他,怀疑他图谋不轨(当然,这也确实是事实……)。

这回，该马克西姆斯出场了。他胸有成竹，对我说："看我的，我知道怎么处理……"

他走到斯代尔南姆先生身边，开始向他提关于药剂的问题。

我们的讲解员老师从来都没有遇到过这么好学、问问题这么专业的孩子，于是他开心地一一回答起来……

他一转过身，马吕斯和我就趁机把两个药瓶抓在了手里。

看到我们两个溜到了门口，马克西姆斯迅速打断斯代尔南姆先生的讲解，连声道谢，转身就跑。斯代尔南姆先生正讲到兴头上，一时反应不过来，只能呆呆地看着这个难得的好学生的背影，脸上写满了遗憾……

时间越来越紧迫，我们拼尽全力赶回摩图斯身边。天哪，摩图斯马上就要全部石化啦！他只剩两只眼睛能动，我们从他的眼神中读到了恐惧，也读到了他催我们尽快救他的急切心情。

"拿什么配药啊？"马吕斯提出了一个最基本的问题。

"这个好解决！"马克西姆斯早有打算，他指着巫师药锅回答道。

我把三根野人毛和凤凰灰放进锅里。马克西姆斯把钥匙上沾着的树汁和玫瑰花瓣扔进锅里。马吕斯向锅里撒入一把咯吱咯吱粉，又滴了六滴神仙花露。

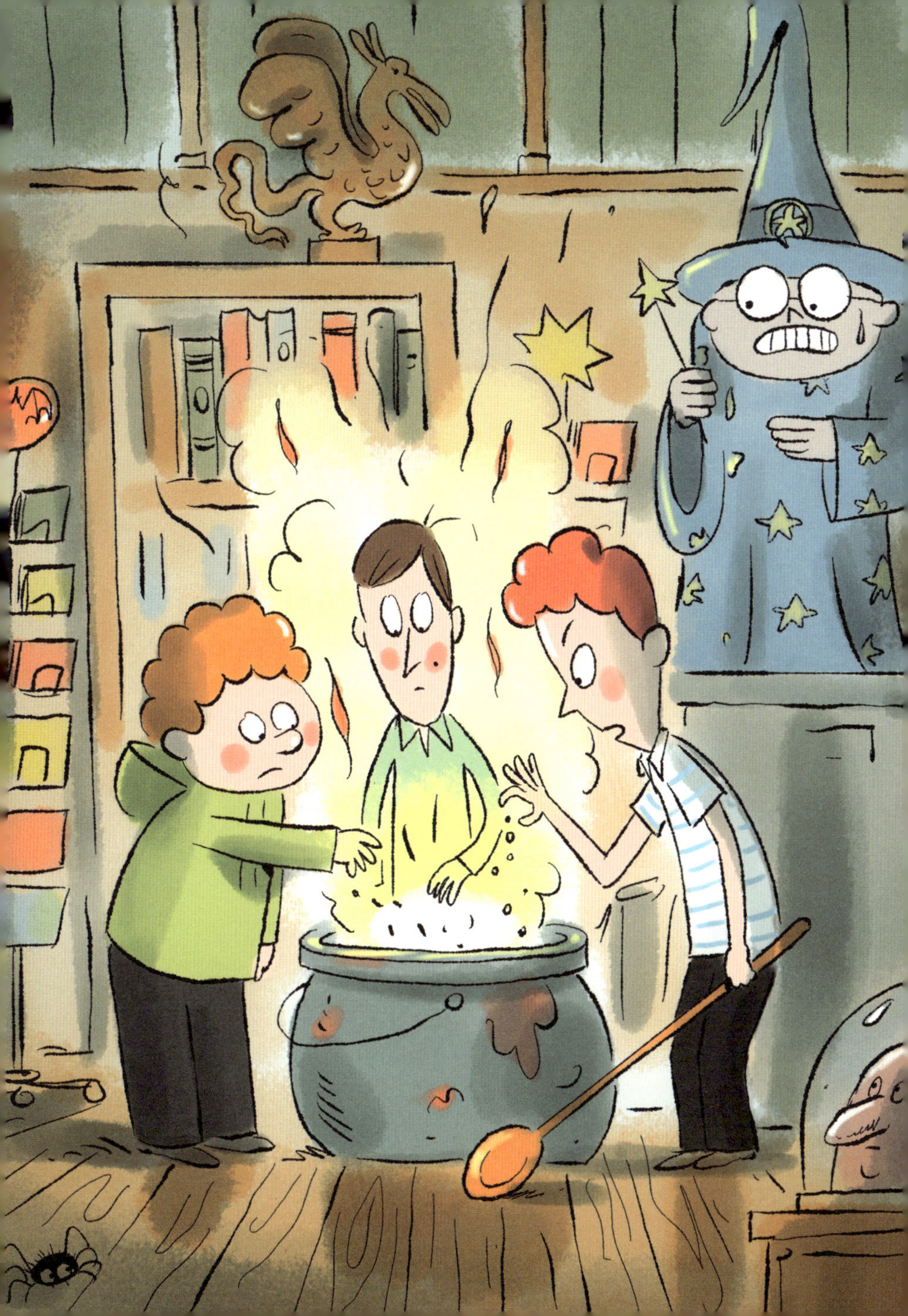

我拿着一把长勺子使劲儿地搅拌。差不多了，我从锅底舀起一勺解药，递到摩图斯嘴边。还好，要是再迟几秒，摩图斯就会僵硬得连嘴都张不开。

"快看！"马克西姆斯大叫，"他在恢复血色……"

确实，石头的灰色渐渐褪去，摩图斯重回人间。这简直就是个奇迹，我们竟然打破了诅咒！

慢慢地，摩图斯可以说话了。我以为他一定会先责备我刚刚抢了他的搞怪糖，还害得他中了这么可怕的诅咒。

没等他开口,我就抢先道歉:"对不起,摩图斯。都是我的错,要不是我一心想赢,也不会发生这么可怕的事儿。"

但是摩图斯丝毫没有想要怪我的意思,他能恢复正常就已经非常开心了。他安慰我说:"没关系,你本来就比我早到一点点儿!而且,全靠你的团队协作,我才能得救!"

一声哨响传来,老师在招呼我们集合。

我们七手八脚地帮摩图斯脱下魔法师的道具服。比起石化的他,现在的他不知道灵活了多少倍。

我们跑到出口位置集合,然后一起逛了逛纪念品商店。赛比雅老师买了一支魔法哨子,哨声一响,我们就不自觉地排起队,跟在她身后乖乖地向校车走去,好像《哈姆林的魔笛手》那个故事里面写的一样……

老师的这个办法真管用,谁都没有再

调皮!

  看着摩尔多拉她们那一伙女孩子分享胜利果实,我心里很不是滋味。但是,转念一想,她们确实赢得了寻宝比赛的胜利。但是我们也不差:破解了诅咒,拯救了同伴,这难道不是最大的胜利吗?!

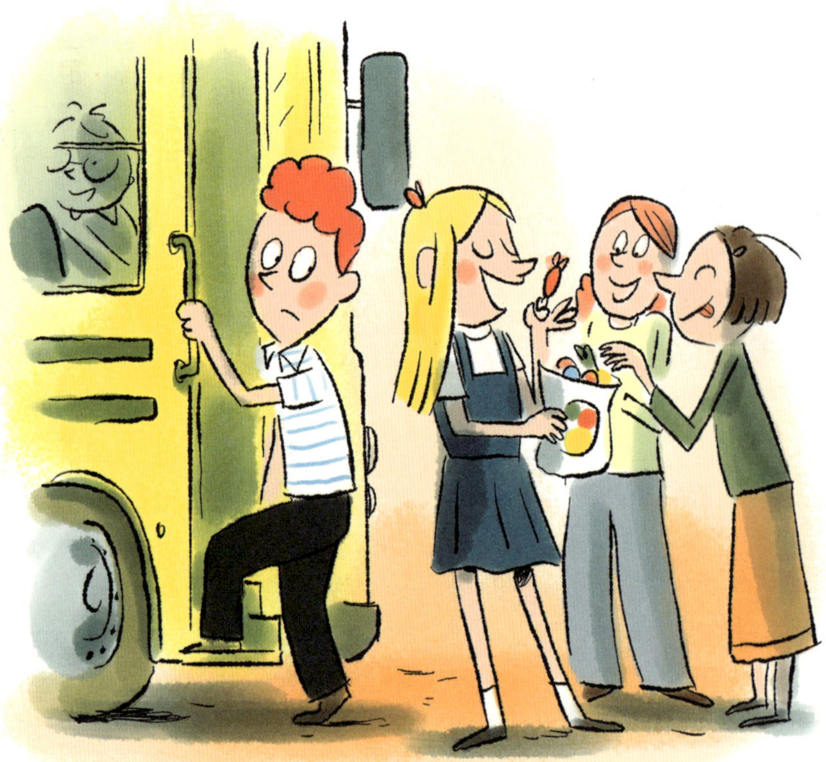